PO

Iguanas

RANAS

Para Elisa, mi Chana de la selva.

nas

RANAS

CATALINA KÜHNE PEIMBERT • JUAN GEDOVIUS

Reloj de cuentos

Chana la Rana y Juana la Iguana creían
que eran hermanas.

Ya sé lo que están pensando: ¡Suena bien!
Ellas pensaban lo mismo: Aunque a mí me digan
rana y a ti te digan iguana, lo mismo
es Chana que Juana, si tú me dices hermana…
Aunque tenían algunas cosas en común,
como que las dos eran verdes,
las dos tenían los ojos saltones,
las dos tenían piernas fuertes
y a los dos les encantaba cocinar,
la verdad es que aparte de eso,
eran muy diferentes.

Chana, aunque era la mayor **era mucho más pequeña**.
No se podía estar quieta ni un segundo, estaba todo
el día brinca para acá, salta para allá.

Juana, en cambio, era grandísima y tenía una
larga cola. Gustaba de quedarse horas tendida al sol.

El caso es que a pesar de las diferencias y las semejanzas, siempre que llegaban a una fiesta o al mercado, o cuando algún forastero se acercaba a su vivienda, es decir, cada vez que tenían que presentarse, se presentaban como hermanas.

Todo el mundo pensaba que estaban un poco locas,
pero como su locura no le hacía daño a nadie, no había necesidad de
contrariarlas. El problema se presentó cuando en la selva se organizó el:

"Primer Gran Concurso de Cocina para Hermanos"

De todas partes acudían fraternos competidores
con las recetas de la familia.

Los hermanos Tigre, por ejemplo, iban muy confiados de ganar con su sopa de tortuga. Cosa que a las hermanas Tortuga no les hacía nada de gracia por obvias razones, además de que estaban seguras de que nadie superaría su pudín de lirios.

También se inscribieron **los trillizos Araña,** que no eran artrópodos sino monos, muy monos por cierto, y que sabían preparar un panqué de plátano para chuparse los dedos.

Los hermanos Coco y Drila llegaron listos para cocinar su famosa barbacoa de capibara.

Y así se fueron acumulando participantes, hasta que llegó
el turno de nuestras amigas Chana y Juana. Pensaban participar
con su famosa torta Charco y Tierra, que incluía un delicioso paté
mixto de mosca, mosquito y libélula, variadas hojas verdes y
salsa secreta de jinicuil.

La guacamaya, que se encargaba de las inscripciones y que
estaba atareadísima, se detuvo un momento para mirarlas
de arriba abajo, de izquierda a derecha y preguntó:

—Buenos días chicas, ¿dónde
están sus hermanos?

Chana y Juana inclinaron la cabeza cortésmente
y luego se señalaron la una a la otra:

—¡Aquí! —Exclamaron al unísono.

La guacamaya se quedó helada y les dijo lo que nadie
se había atrevido a decirles nunca:

—Ustedes dos no son hermanas,
no pueden serlo.

Toda la selva enmudeció de pronto. Bueno, toda menos un grillo distraído que en cuanto se enteró de lo que estaba pasando dejó de frotar sus patas y se acercó a la mesa de inscripciones para estar en la primera fila de los acontecimientos.

Todos pensaban que iba a desatarse la hecatombe.

Chana brincó hasta colocarse encima de la mesa y le cedió
la palabra a la más apacible Juana que con parsimonia
expuso lo siguiente:

—¿Así que parece ser que el respetable
piensa que Chana la Rana, aquí presente,
no es mi hermana?

Una rinoceronta bastante malhumorada, que había llevado
a rastras a su hermanito sólo para poder presentarse en el
concurso, gritó escudada por la multitud:

—¡Claro que NO!

¿Acaso están ciegas? Para empezar tú
eres un reptil y ella un anfibio. ¡Si entran
al concurso estarán haciendo trampa!

Los demás animales no habían pensado la cosa así y les parecía una formidable solución para desaparecer a unas duras contrincantes. Todo el mundo sabía que Chana y Juana eran excelentes cocineras y se unieron a la delatora.

¡Tram-pa!

¡Tram-pa!

¡Tram-pa!

Chana brincaba desaforadamente mientras le sacaba la lengua a toda la concurrencia, pero Juana consiguió calmarlos a todos y prosiguió.

—Si me permiten les contaré nuestra historia y si aun después de oírla piensan que no somos hermanas, con gusto nos retiraremos del concurso.

—¿Pero cómo que nos retiramos? —repeló, incrédula, Chana—. ¡No nos pueden hacer eso! Además, tú te has esforzado tanto en la salsa secreta que no voy a permitir…

Juana le echó una de esas miradas que matan y Chana volvió a su lugar croando por lo bajo.

La guacamaya miró a su alrededor y declaró:

—Me parece justo, escucharemos su historia entonces.

—Muy bien. La historia, como la cuento yo, que
soy la más pequeña, empieza desde mi nacimiento.

Cuando salí del huevo lo primero que vi fueron los ojos saltones de Chana observándome fijamente.

No sé qué haya sido del resto de mi familia porque nunca la conocí.

Desde ese día no nos hemos separado.
Chana también estaba sola.

Juntas hemos aprendido a jugar, a escondernos
de nuestros perseguidores, a conseguir comida
y, por supuesto, a cocinarla.

Claro que cuando se trata de fastidiar, es el único
animal que es capaz de sacarme por completo
de mis casillas.

Siempre se pone mis zapatos nuevos antes de que los estrene, me gana las mejores moscas a brincos y envidio muchísimo su destreza para nadar.

Pero también hay que decir que cuando en la noche
tengo miedo o calor y no puedo conciliar el sueño,
se pone a croar muy quedito una buena canción
de cuna para arrullarme hasta que me quedo dormida.

Para ese momento de la historia, Chana, la guacamaya,
la rinoceronte, por supuesto, los cocodrilos y hasta
el grillo ya asomaban a los ojos tamaños lagrimones.

La guacamaya interrumpió a Juana con un graznido
sollozante.

–¡Si estas dos no son hermanas, entonces yo soy
una vulgar gallina! ¡Están admitidas en el concurso!

Excepto por el protestante cacareo de un grupúsculo
de gallináceas, a las que no les gustó ni tantito que
las llamaran vulgares, el resto de la multitud se unió
en una ovación aprobatoria.

Fue así como Chana y Juana concursaron como hermanas
con su famosa torta Charco y Tierra...

Y perdieron. Es que realmente
el panqué de plátano estaba exquisito.

 CIDCLI

D.R. © 2013, CIDCLI, S.C.
Av. México 145-601
Col. Del Carmen Coyoacán
C.P. 04100, México, D.F.
www.cidcli.com

D.R. © Catalina Kühne Peimbert
D.R. © Juan Gedovius

Primera edición con CONACULTA, octubre, 2013
Segunda edición, septiembre, 2014

Coordinación editorial: Rocío Miranda
Cuidado de la edición: Elisa Castellanos
Diseño: Perla Luna

ISBN: 978-607-7749-94-3

Impreso en México / *Printed in Mexico*

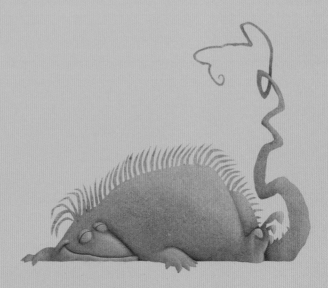

Iguanas Ranas

Se acabó de imprimir en el mes de septiembre de 2014,
en los talleres de Offset Rebosán S.A. de C.V.
Acueducto 115, colonia Huipulco Tlalpan,
C.P.14370, México, D.F.
El tiraje fue de 2 000 ejemplares.